DORA la EXPLORADORA™

¡A nadar, Boots!

por Phoebe Beinstein   ilustrado por Robert Roper

SIMON & SCHUSTER LIBROS PARA NIÑOS/NICKELODEON

Nueva York   Londres   Toronto   Sydney

Basado en la serie de televisión *Dora la exploradora*™ que se presenta en Nick Jr.®

SIMON & SCHUSTER LIBROS PARA NIÑOS
Publicado bajo el sello editorial de la División Infantil de Simon & Schuster
1230 Avenue of the Americas, New York, New York 10020
© 2009 por Viacom International Inc. Traducción © 2009 por Viacom International Inc. Todos los derechos reservados.
NICK JR., *Dora la exploradora* y todos los títulos relacionados, logotipos y personajes son marcas de Viacom International Inc.
Todos los derechos reservados, incluido el derecho a la reproducción total o parcial en cualquier formato.
SIMON & SCHUSTER LIBROS PARA NIÑOS y el colofón son marcas registradas de Simon & Schuster, Inc.
Publicado originalmente en inglés en 2009 con el título *Swim, Boots, Swim!*
por Simon Spotlight, bajo el sello editorial de la División Infantil de Simon & Schuster. .
Traducción de Daynali Flores Rodriguez
Fabricado en los Estados Unidos de América
Primera edición en lengua española, 2009
10 9 8 7 6 5 4 3 2 1
ISBN: 978-1-4169-7939-5

Hi! ¡Soy Dora! Hoy voy a la playa con mi familia y Boots. Mi mami me compró este traje de baño para el viaje. ¡Estoy tan entusiasmada con la idea de nadar en el mar con Boots! ¿Vienes con nosotros? ¡Muy bien! *Let's go!* ¡Vámonos!

Boots dice que no puede venir al mar porque no sabe nadar.

¡No te preocupes, Boots! Mi amiga Mariana La Sirena te puede enseñar. ¡A ella le encanta nadar! ¡Y nadar es muy sencillo una vez has aprendido! Vamos a la playa. ¿A quién le pedimos ayuda cuando no sabemos a dónde ir? *Yes!* ¡A Map!

Map dice que debemos ir al Puente del Pez Volador y atravesar las Dunas de Arena Plateada para llegar al mar.

Encontramos el Puente del Pez Volador. ¡Oh, mira todos los peces voladores! ¿De qué colores son los peces voladores que ves? Dilos conmigo. ¡Anaranjado! ¡Azul! ¡Verde! ¡Morado! *Orange! Blue! Green! Purple!*

Para cruzar el Puente, debemos agacharnos y evitar los peces voladores. Vamos a contar los peces mientras cruzamos. *One, two, three, four, five. Great job!* ¡Lo hicimos! Ahora debemos encontrar las Dunas de Arena Plateada.

El día está tan soleado que no podemos ver las Dunas de Arena Plateada. Tal vez haya algo en Backpack que nos ayude a ver cuando el sol está muy brillante. Vamos a ver. Di: "¡Backpack!"

¿Ves algo que nos ayude a ver cuando está tan soleado?
Yes! ¡Gafas de sol! ¡Buena idea!

¡Nos vemos muy bien con nuestras gafas de sol! Y encontramos el Laberinto de las Dunas de Arena Plateada. ¡Mira todas esas dunas de arena!

¡Ayúdanos a encontrar el camino atravesando las Dunas de Arena Plateada! ¿Dónde está la salida? *Thanks!*

¡Llegamos al mar! Y allí está Mariana La Sirena esperándonos. Es hora de meternos al agua. ¡Vamos a nadar! *Let's swim!*

Primero Mariana le enseñará a Boots a estar bajo el agua.

Ella le pide que respire profundamente, que contenga el aire y que meta su cabeza bajo el agua.
¡Qué bien, Boots!

Ahora Mariana sostiene a Boots mientras el mueve sus brazos en el agua. ¿Puedes mover tus brazos con él? ¡Buen trabajo!

Ahora ella lo sostiene mientras él mueve sus piernas.
¡Qué bien pateas, Boots!

¡Ah, ya Boots sabe nadar solo!

Mariana es una gran maestra de natación y Boots aprende muy rápido.

Qué día tan fantástico. Me encanta nadar y ahora a Boots le gusta también. No hubiéramos podido lograrlo sin Mariana . . . y sin *ti*. Gracias por ayudar. *Thanks!*